妄想ー

天国と地獄

溝渕 淳

MIZOBUCHI Atsushi

文芸社

Delusion

Heaven and Hell

目次

臭い

鼻の奥でツンとする臭いで目が覚めてしまう。どこかで嗅いだことのあるこの臭い。そうだ、この臭いは静電気の臭いによく似ている。テレビの画面をティッシュで拭いたときのあの臭い。セーターを脱いだときのあの臭い。あれがもっと鼻の奥で凝縮されたような強烈な悪臭がする。

夜、目を閉じて、今まさに眠りに入る瞬間というときに、その悪臭は必ず襲ってくる。つまりは眠れない。というより、眠らせてくれない。だって、布団に入ったって夢を見かけた瞬間に起こされてしまうのだから。

こんな日々が三日三晩続くと人間の頭というのはおかしくなってくるものらしい。

まずは当然、この臭いはなんだ、どこから来るのかと色々疑い始める。例外なく僕もその臭いを探る作業に入った。

まず、自分の鼻の穴の中に何か付いているのではないかと必死にほじってみた。それでもまだ鼻の奥の臭いが取れないので、口に水を含み、鼻から水を出すように泣きながら、むせながら、何度もウガイをした。それでもまだまだ臭う。気にすれば気にするほど臭いが強くなってくる。今僕は目を覚まし起きているのに、それなのに臭いを感じる。これは大変だ、もう、眠れないというだけの騒ぎではない。絶対に原因を突き止めてやる！

僕は必死になって周り中をクンクン嗅ぎ回った。カバンの中、車の中、自分の着ている衣服からタンスの中の衣類まで。そして自分の体の隅々までも。この時の僕はきっと犬並みに、いやそこら辺の犬以上に鼻を使っていたに違いない、結局、嗅いだ場所全てが臭った。どこだけが臭うという断定はない。自分の鼻も体も服も車も全て僕の回りは悪臭だらけだ。本当に嗅ぎたくないのだ。でも息をしなければ死んでしまう。苦し

007　臭い

い！

　そうだ、鼻を使わないで口で呼吸すればいいんだ。

　その後、僕は鼻栓をしながら全ての衣類を洗濯し直し、車の中にバルサンを焚きながら、念入りにシャワーを浴びた。

　翌日、相変わらず眠れないまま会社へと向かった。さすがに鼻栓は外していたが……。

　会社に着きロッカーを開けると、これまた強烈な悪臭が待っていた。昨日までは感じなかったのに、何だ。いったい何だっていうんだ！

　誤解の無いように付け加えておくが、この臭いは汗とかカビなどといった不潔から来るものではない。前述した通り、得体の知れない鼻の奥に電気の走るような臭いなのだ。僕が不潔なのでは？　という考えは抜きにしてもらいたい。

　だから僕には身に覚えのない臭いなのだ。全部きれいに洗い直したし、拭いたし、煙も焚いたし。僕の周囲が臭うのは事実だけれど、身の潔白だけには自信があった。

自分に原因がないと分かると、人間って、他人を疑ってしまうものなのですね。

僕も例外なくそうした。この数日間、僕を悩ませてきた臭いの臭源地は、このロッカーに違いないと思った。きっとこの悪臭は以前から少しずつロッカーを媒体にして僕の体に浸透し、僕の私生活全てを臭わせている。いったい誰がこんないたずらを。犯人よ、僕は苦しんでいる。きっとあなたが思う以上に苦しんでいる。もうやめてくれ。あなたのいたずらはきっと予想以上の効果を上げている。だからもういいではないか。僕に安眠を！　そして、鼻で呼吸をさせてください！

そんな願い空しく、次の日も、そしてまた次の日も眠れぬ日々は続いた。

いったい誰だー！　俺を恨んでいるなら正々堂々と向かってこい！

もう完全に我をなくし、人を疑っていた。

プールバー

　僕は仕事が終わると、一人でビリヤード場へ行くことを日課としていた。

　いつも決まって、まずはカウンターで酒を飲み、気分が乗ってくると玉を突いた。

　その店には色んな常連客がいた。かわいい顔をした女子高生が三人くらい。いつもおごってくれと言ってくる丸メガネの関西人。自分は武術の達人だと豪語している万年酔っ払い。独特のフォームでいつも一人無言で突いている年齢不詳の男。そしていつも笑顔のこの僕。等々。

　客層は怪しい人たちだらけだったけれど、特に害もなく、店員も含めて家族ぐるみの店だったので、この約三年の間楽しく通わせてもらっていた。

　ところが、この最近の不眠症と鼻に付く臭いのせいで僕はこの店自体と、この店にやってくる常連たちを疑うようになっていた。

　普通の精神状態ではなかなか気付かないまま、それが僕はなんとなく見えたし、どこかウサン臭く臭った。

　特に怪しいと思い始めたのが、最近売り方を変えたこの店の焼酎。

　今までのこの三年間は普通にボトルを一本空けたら、新しいボトルを入れるシステムだったが、最近始めたのが空いたボトルに注ぎ足してくれるというサービス。これが今までよりも五百円安い。僕はその値段と店員の勧めにつられ、この注ぎ足し焼酎を飲むようになっていた。

　何日かこの酒を飲み続けていると、なんだかいつもの夜より気持ち良くなるのを感じた。なんと言うか自分自身の色んなことへの不安がなくなり、ハイな気持ちになる感じ。毎晩この店のこの酒を飲まずにはいられない感じだった。

　僕はもう何日もこの酒に溺れ、すっかり虜になっていたが、磨ぎ澄まされていた嗅覚が、この酒はやばい、何か怪しい臭いがすると冷静に判断し僕に知らせてくれた。

なぜこの注ぎ足し焼酎が怪しいと思ったのか、それは新しいボトルは、その場で開けるのだから安心できる。でも、この注ぎ足しの酒など何が入れられているか分からない。この今までに感じたことのないこの気持ちの良さは明らかに怪しい。きっとそのうち、常連の関西人辺りが、もっと気持ちのよくなれる物があるよ。などと言い出すのではないか。その気持ちのいいものとは多分、違法の麻薬であり、僕を鴨にして金を巻き上げ、体を灰にしようとしているのではないか。僕は真剣にそう考えた。

そしてもう一つ怪しいと感づいたのが、この店のトイレ。この間、酔って間違えて入った女子トイレの広さに僕は驚いた。明らかに男子トイレとは違っていた。壁一面に大きな鏡があり、豪華そのもの。とてもくつろげる作りになっていた。それだけで怪しいと思うのは、ただの男子のひがみに聞こえてしまうが、僕が感じたことはもっと重大で異常なことだった。

あの壁一面の鏡が何か怪しいのだ。僕はこの女子トイレの鏡はマジックミラーになっていると確信した。

実際に僕が何度か聞いてしまった店員の会話にこんなのがあった。

『今○○ちゃんが入ったよ』

このコソコソ話をした後、店員はカウンターの奥に消えてゆく。カウンターの奥は事務所になっていて、その先にちょうど女子トイレがある。うまいことレイアウトされた造りになっている。はじめからそういう造りにしておいたのだろう。間違いない。彼らは覗き見をしているんだ。これは明らかに違法である。そして僕が思うにただの変態趣味ではない。

僕の脳はこう考えた。

この女子トイレの鏡の裏ではカメラが回っていて、その淫らな姿を録画し、裏ルートビデオとして取り引きされているのであろう。

ここは夜の酒場だし、そのくらいのことは十分にありうる。前にもいかにもヤクザというような風貌をした人が、この店の店員からお金を受け取っていたのを見てしまったことがある。

　この店は最近おかしい。いや、というより、この三年間僕が鈍感すぎただけなのか。店も店員も酒もトイレもみんなおかしく感じ始めた。そして僕はとうとう毎日のように通っていたこの店に行くのをやめた。

普通の娘？

この頃僕は、職場の飲み会で一人の女性と親しくなっていた。

僕にとっては久しぶりの女性との出会いだった。二年半前に僕は離婚を経験し、それ以来ずっと女性との交わりを断っていた。断っていたというよりは慎重に選ぼうという思いが強かったかもしれない。もう女性を外見の美しさで選んではいけないと、そう心に刻んでいた。

そんなさなかその女性は僕の前に現れた。美しかった。とても僕好みだった。美しさに惑わされてはいけないと、僕は自分と戦った。自分からなれなれしく寄ってくるこんな女はろくなもんじゃない。

『俺よ、同じ過ちをおかすな』

その強い思いから、僕はその女性と初めて出会ったときに、こんな言葉をかけた。

『あなた、絶対悪い女だろう』

この言葉には彼女も驚いたようであった。が、自分にこんなことを言う人は珍しいと思ったのか、すっかり好意を持たれ、その時から日が経つごとに親しくなっていった。

ところが残念なことに、彼女には地元に彼氏がいた。とても悲しい事実だった。こんなに親しくなった後に告げられたこの事実。彼女とは一緒にいてとても楽しかったし、彼女のほうも楽しそうによく笑っていた。食事をしているときも彼女はいつも行儀がよかった。ショッピングをしても絶対に、あれ買ってこれ買ってとおねだりをしてこなかった。

好きな色は青。プレゼントしたお揃いの青いTシャツを彼女はとても喜んでくれた。近々、職場付近に引っ越してくるとも言っている。

『そんなことをしたら君が愛している彼と会いにくくなるのでは？』

そう尋ねると、

『そのほうが都合がいい』

と言うのだ。だから当然僕は、この恋は確実だと思いこう言った。

『彼氏と別れて僕と付き合って』と。

そして、その答えはすぐに返ってきた。

『無理です』だって。

意味が分からなかった。訳が分からなかった。何なんだ。いかにもうまく行きそうな告白の結末はこれか。

僕は今失恋したのか？　全く実感が湧かなかった。

『彼のこと好きなの？』と、聞くとウンとうなずいた。

『じゃあ、引っ越して来ないほうがいいんじゃない？』

と言うと、首を横に振りこう答えた。

『彼には色んな男を知ってこいと言われている』と。

悪い女だ。この娘は間違いなく悪い女だ。最初の印象はズバリ当たっていた。僕の第一印象とピッタシカンカンじゃないか。愛している女に色んな男を知ってこいなどと言う男がいるはずがない。そんな男、もし本当にいるのなら見てみたい。そんなヤクザの世界じゃあるまいし。

あれ……？　もしかして……？

もしかしたらヤクザなの？

ヤクザの女だったりしちゃう訳？

僕は遠い昔に父に言われた言葉を思い出した。

『綺麗な花には刺がある。うまい話には裏がある。美しすぎる女性にはヤクザが付いている』

間違いない。この娘、かたぎの人じゃない。前に彼女は自分の父親のことも、とても恐い人などと言っていた。もしかしておやじさんもそっちの世界の人間かもしれない。

これはやばい。とても危険だ。僕は自分の欲望をおさえる決心をした。告白に失敗したのだから、もう会うのはやめよう。うん、それがいい、それがいい。

そう自分に言い聞かせて安心していた数日後、彼女は本当にこの町に引っ越して来てしまった。いったい何のために引っ越して来たのだろう。

何をしに来たんだ！

僕はもう関係ないから。いったい僕に何の用だ。おまえなんかもう関係ないんだから知らないぞ。そう思いながらも、職場で見かけてしまう彼女の美しさにどうしても見とれてしまう僕。

そして今日も相変わらず青い服がよく似合っている彼女は執拗に僕に迫ってきたが、その誘いを泣く泣く断わり続けた。

襲ってきたマスク達

僕は臭いが気になり、自分の周りや買った食べ物、ジュースやタバコをやたらとクンクン嗅ぎ回っていた。臭う臭う！　あー嫌だ臭う。全て臭う。全く人目を気にせず嗅ぎ回っていたものだから、おそらく周囲の人達からは気違いに見えただろう。でも僕にとっては深刻だった。僕は、手で鼻と口を覆うように何かを警戒して歩いていた。

突然、鋭い視線を感じた。見ると、マスクをした人がこっちを睨んでいる。僕が睨み返すとその人はどこかへ消えて行く。そして、またしばらく歩くと、別のマスクの人がこっちを睨んでいる。そしてまた次のマスクの人が……。

周りを見渡すとそこら中マスクだらけだった。あれ？　マスクをしている人って、こんなにたくさんいるもんだっけ？　いや、そんなはずはない。どう考えても、このマスクの量は不自然だ。以前は感じなかったこのマスク達の多さ。僕が臭いを気にするようになってから、急に周りがマスクを着けだした。ということは、みんなにも臭うのだろうか、この静電気の嫌な臭いが。そして睨んでくるのは何故だ？　もしかして、僕か？　みんなは僕がこの臭いの源だと思って、睨んでくるのか？

みんな勘違いしてもらっては困る。僕は犯人ではない。僕だって被害者なんだ。僕は臭いを付けられただけなんだ。みんな分かってほしい。そんな目で僕を見ないでくれ。

職場でも、駅でも、町でも僕はマスク達に白い目で見られ、心の中で一生懸命に、

『僕じゃない』

と言いながら歩いていた。そして、人々の目線に耐え切れなくなった僕は、勇気を出して職場の同僚に聞いた。

『僕って、臭う？』

『クンクン、いいや、別に』

よかった。聞いてみてよかった。この同僚は、何でもズバズバ言う奴だから間違いない。

この件においては、誰よりも信用できる。普段はデリカシーのない、とんでもない奴だけど今回の件に関しては本当にありがたかった。まあ、僕自身はまだ臭うのだが、周囲に影響を及ぼすほど悪臭は外部に漏れてはいないようだ。よかった。

では、あのマスク達は何だ。何でみんなでこっちを睨んでくるのだろう。あのマスク達は臭いという意味とは関係なしにマスクで顔を隠しているのかもしれない。

みんなで顔を隠して目だけを覗かせて僕を睨んでくる。僕はこんなにたくさんの人に恨まれるようなことはしていないはず。何か他に原因があるはずだ。数日間の自分自身の素行をはんすうしてみた。

最近変わったことといえば、あの悪い女に会わなくなったことか。それともプールバーへ違法の酒を飲みに行かなくなったことか。どっちも怪しい。どっちもヤクザ絡みの疑いがある。僕はどっちに狙われているのだろう。このマスク達はどちらのヤクザから遣わされて来たのだろう。とりあえず、あのビリヤード場が怪しいか。僕はあの酒に何か混入されていると気づいてから店には行かなくなっていた。

だいぶあの酒を飲んでしまったから、まだ体内に残っているだろうし、あの気持ちの良さは忘れてはいなかった。あの店はそこに目を付けたのだろう。

『あいつの体にはまだ麻薬が残っている。この味をまだ完全に忘れた訳ではない。ただ我慢しているだけだ』と。

そして、

『この麻薬には、鼻が利き始めるという効果がある。この麻薬が切れると逆に、激しい悪臭に襲われる。あいつは今、その時だ。どこから臭うのか分からない悪臭に悩まされているはず。もう一度あいつを自分自身の意志でこの店に来させよう』

023　襲ってきたマスク達

　僕はあの酒の怪しさに途中で気づいてしまった。その途中というのが問題なのだろう。

　店にとっては特別価格で麻薬を提供してしまったようなもんだ。一般の焼酎の価格で、いや更にそれを値引きして客に出していた。

　店がそうまでして客に提供しようとするメリットは、客が確実に、体と頭が麻薬を欲しがるようになり、その後は酒としてではなく、実物で売買させることによって収益を得ようと考えていたのだろう。

　あの店はまだ僕から収益を得ていない。大損の酒だけ飲んで消えてしまった。だから、ヤクザは追ってきたのだ。

　全く証拠の残らない、視線というものを武器に僕を追い回している。マスク達は目で僕にこう言っているようだった。

『このまま一生、鼻を押さえて生きていくつもりか？　その悪臭を消したければ、また飲みに来ないか。楽になるぞ。ほら、周り中がおまえを臭いと睨んでいるゾ。辛いだろう。なあ、さあこっちへおいで』

駅中　敵だらけ

僕はだいぶ、頭がおかしくなっていた。だれかに追われていると考え出すと、町中にいるたくさんの人が普通ではない様に見えてきた。

その中でも特に、その行動を不自然に感じたのが、黄色い服を着ている人だった。マスクをしている人に次いで、今度は黄色が気になる。何でだろう。僕は考えた。

一つ思い当たることがあった。前に例のビリヤード場に行ったとき『好きな色は何色？』と店員に聞かれたことを思い出した。その時僕は『黄色』と答えたんだ。そうだ、そうなんだ、そうに違いない。あの時のことを店員は覚えていたんだ。というよりも、こうなることを初めから想定して僕の好きな色を前もって聞いてきたのだろうか。どんどん疑りの世界に入っていった。

気になる、気になる。人の目がものすごく気になる。マスクの人、黄色い服の人。

そして次は青い服の人の目も気になりだした。

青い服……。

そう、青い服といえば、あの悪い女の服の色だ。あいつも何か関係しているのか？

僕は逃げた。誰から逃げるという具体的な相手もなく、ただそのマスクから逃げ、その色達から逃げた。

どこへ行っても彼らはいた。だから電車に乗って会社に行くときも、僕は常に周囲を意識していたのでひどく疲れた。またマスクの人が近づいて来た。黄色い服の人は、何か不自然な行動をしているし、こっちを見ながらヒソヒソ携帯で話し、誰かに連絡しているように見えるし。

『なんで、こんなにたくさんの人が僕を追いかけるのだ！』

通勤途中だったけれども、僕はこのたくさんの人達から必死で逃げた。

さっきの人も携帯でコソコソ連絡しあっていたし、僕の行く先をみんな陰で知らされているのかもしれない。そうだ、そうに違いない。そうやってみんな先回りをして僕を監視してるんだ。

僕は逃げた。全く証拠のない追っ手達から、そして、どこからでも新たに現れるその色達から、必死で逃げた。

だから僕は普段乗る電車には乗らないようにした。ギリギリまで乗る振りをして、扉の閉まる寸前にホームへ飛び出し、向かいの特急に目立たないように乗り込んでみせた。

そんな誰にも、そして自分にも決して報われることのない努力をしながら、時間をかけ、金をかけ、遠回りをして出勤していた。

職場

なんとか電車を乗り継ぎ、遠回りをしながら職場に着いた。

ここまで来ればもう安心。なにしろこの職場のセキュリティーは万全で、入り口が二重、三重になっている。その都度ＩＤカードを呈示しなければ中に入れないようになっている。

この時の僕にとって心から安心できる場所など存在しなかったが、職場までは例のヤクザ達も入って来れないと疑わなかった。

ところが、その日の職場は昨日までとは雰囲気が違っていた。様子がおかしい。どこからともなく人の視線を感じる。周囲を警戒しながら廊下を歩いていると、前方からマスクをした人が歩いてきた。僕はドキッとした。そして、すれ違いざまにこっちを睨んだ。何も言わずに目で睨みをきかせて、まるで僕に何かを忠告しているようだった。

僕は考えた。今すれ違ったマスクはただのマスクをした普通の人だろうか。

それとも……。

色々考えながらしばらく歩いていると、今度は黄色い服の人が、意味あり気にこっちを見ている。そしてその隣にいる人は青い服を着ており、やはりこっちを睨んでいる。

これは決して気のせいなんかではない。この職場もおかしい。街や駅と同じだ。僕を見ている。僕を監視している。例のヤクザ達は難なく僕の職場にも入り込んで来ている。どうやって。

きっと僕のロッカーに悪臭を吹きつけたのも奴らの仕業だ。どうやって。僕は職場の人間を疑っていた。僕を恨む職場の同僚の仕業だと疑っていた。

『どんな奴をどう疑ったのかを具体的に述べること』

本当に申し訳ない。僕の頭に犯人として浮かんだ同僚達よ。ごめんなさい。僕は今、頭がどうかしてしまっているんです。

この戦いは僕自身の戦いだから、職場のあなた達には関係がない。だから僕が自分で、解決してみせます。

まずはロッカーについて状況を考え、分析してみた。この臭いの元は、僕自身の体に残っている麻薬によるものなのか。それともロッカーを媒体にして、僕に沁みついたものなのか。もしロッカーが原因ならば誰が臭いを付けたのか。

既にこの職場にはたくさんの怪しいヤクザからの追っ手がいる。しかしそれは今日始まったことだ。では、数日前から潜入していたのは誰か。僕のロッカーの場所を知っていたのは誰か……。

その時僕の頭にはあの悪い女の顔が思い浮かんだ。彼女は僕のロッカーを知っている。仲良くしていたときに、当たり前のように聞かれ、僕は当たり前のように場所を教えた。

そうか、そうだったんだ！ わかった。今頃わかった！ あの女もビリヤード場からの使者だったんだ。僕と彼女が初めて出会ったあの飲み会は、彼女にとっては僕に近づくための絶好の機会だったんだ。初めから彼女はヤクザの仕事として僕に近づいてきたんだ。だから彼女は初めから僕と付き合う気なんてなかったんだ。

あんなに僕好みの女性がうまいこと近づいてくるなんて出来過ぎている。

きっとヤクザ達が僕の好みの顔を調べて、それにピッタリくる女を遣わせたんだ。ということは彼女が言っていた愛情のない彼氏や恐い父親もカタギの人ではないのだろう。

色々とつながってきたが、もう一つ分からないことがある。どうしてこんなにたくさんの侵入者を、この職場のセキュリティー達は見過ごしてしまっているのだろう。

一人や二人の侵入ならヤクザ達にとっては簡単なことなのだろうが、あまりにもその数が多すぎる。僕が感じる視線の数はそんな少ないものではない。あっちこっちで痛いほど感じる。

こんなことは考えたくないが、

031　職場

もしかしたら……。

だって、そうとしか考えられない。

そうだ、きっとそうに違いない。

この職場もグルなんだ！　そうでないと、つじつまが合わない。いったい職場の誰がグルなのか。もうマスクとか黄色い服とか言っていられなくなった。この職場の誰が味方で誰が敵なのか。

職場での僕の目つきがはっきりと変わった。もう、全く安心できる職場ではなくなっていた。

僕は色々なことを考えながら、喫煙所でタバコを吸っていた。

その時、正面の建物の窓が異常に気になった。ブラインド越しに誰かがこっちを覗いている気配を感じた。

そして、その窓のブラインドの一部だけが折り曲がっており、今までさんざん、そこから人を覗いてきたような形跡があった。この職場は到る所で人を監視しているようだ。

この事実を知っている人は他にいるのだろうか。まさか僕だけが被害者なわけではあるまい。他にもいるはずだ。ただこのことに気づいている人はとても少ないだろう。ほとんどの人が知らず知らずのうちに色んな場所で監視されているのだろう。

あとはどこだ。どこから監視しているんだ。

僕は目をつぶり、このどこから来るのか分からない、視線の出所を探った。集中し、空気を読み取り、風を感じて自分の答えが出るのを待った。

そして僕はその答えを知った。

答えは『カガミ』だと分かった。

カガミ　この職場で僕がトイレに行くと、必ず後から人が入って来る。喫煙所に行くと、必ず後から人が来る。食堂に行くと、まるで僕がここに来るのを前もって知っていたかのように、既に食事をしている人達がいる。

その人達は僕の方をチラチラ見ながら、何か噂話をしている。

その内容はよく聞き取れないが、たぶん、

033 職場

『あいつ、やっぱりここに来た』

などと言っていたはずだ。

どうして僕がそこに居ること、行くことが分かるのか。誰がどうやって、どこで監視しているのか。

やはり、どう考えてもカガミが怪しかった。

今まで気にしなかったが、この職場にはヤケにカガミが多い。不自然だ。

トイレに行くにも、タバコを吸いに行くにも、食堂に行くにも、いくつものカガミの前を通らなければならない。本当に不自然なくらいにたくさんのカガミの前を通る。廊下に数枚、階段に二枚、階段を降りたらまた二枚、外に出る扉のガラスもカガミになっている。

このカガミで監視しているに違いなかった。

手口はビリヤード場の女子トイレと同じであると思われる。カガミの裏にカメラがあり、前を通る人を映している。

その映像を管理室の人間が四六時中監視していると思われる。

こんな大がかりな仕掛けが何のためにあるのだろう。当然、僕を監視するためだけのはずがない。では、他に誰のことを見ているのだろう。

僕は考えた……。

そして答えを出した。

きっと、みんながみんな監視されているんだ。監視している少数の役員クラスの人間以外は、ほとんどの社員が監視されている。みんなそれに気づかずに何年もの間職場に通っているんだ。そして彼らは平気でカガミの前に立ち、自分の顔を整えたり、口を大きく開けてみたり、笑顔の練習をしてみたりしているんだ。

ほとんどの社員はカガミはカガミとしてしか見ない。ところが僕のようにこのカガミの本当の役割に気づいてしまう人も中にはいるだろう。その人は誰だろう。僕は気づいたことを誰に告げれば良いのだろう。

たぶん、このことは世間一般のタブーなのだろう。気がついても口にしてはいけないのだろう。こんなことをしているのはこの会社だけではない。どこの会社でも当たり前のタブーなのだろう。特に企業と呼ばれる所にとっては……。

企業とは『くわだてる』『なりわい』。

成功するような大きな会社、企業はこのくらい一人一人を監視しているんだ。

誰もさぼったりできないように。何かやっていれば、すぐに注意できるように。会社にとって不利益なことをしている人間がいたら瞬時に暴けるように。そうやって社員を一人一人監視しているから大きな会社になれたのだろうし、企業と呼ばれるまでになったのだろう。

知らなかった……。

今の世の中、こんなことが企業社会の常識になっていたなんて。

このことはきっと、一般サラリーマン達は全く知らないことなんだ。

僕達が出世をしてその会社の管理職に就いたときに、初めて告げられる事実なのだろう。だから僕はこのことに早くも気づいてしまったけれども、誰にも話せずにいた。話してはいけない、今の社会のタブーのような気がしていた。

実際にこのことを父や年配の知り合いに、触りの部分だけ話してみたことがある。もちろんタブーなのだから、はっきりと具体的には聞かなかったが、そういうニュアンスの話をすると、相手の反応はとても冷たく、いかにも、それ以上そのことについては触れるな、という態度をとられた。

世の中には口に出してはいけないタブーがある。知らない人には知らないままでいてもらったほうが都合がいい。社会がスムーズに流れ回転する。それは分かる。でも

僕は知ってしまった。知りたくもないのに知ってしまった。それを知るのにはまだ早すぎた。

知ってしまうのは辛いことだ。

カガミ……カガミ……カガミ……。

とても気になる。

最初はカガミの前で、一生懸命いい子ちゃんを演じてみた。そこで監視している人になるべく自然に優秀社員をアピールしてみた。廊下に落

ちているゴミ屑を拾ったり、挨拶を必要以上に丁寧にしたり、わざとカガミの前で難しい顔をして仕事に対する熱意を独り言で呟いてみたり。

でも、そんなことはフェアーでないと思った。僕だけそんな偽善的なことをするのはずるいことだ。やっている自分自身に腹が立ったし恥ずかしくなった。

そして同時にカガミに対しても腹が立ってきた。こっちは何も知らないと思って監視し続けているカガミの向こうの人間が憎い。人のことを勝手に監視などしていいはずがない。

気づかないと思いやがって、俺は知ってんだぞ！

僕はカガミを見る度に睨むようになっていた。

『俺はおまえ達の悪行を知っているんだゾ』

『知っているのに黙っていてあげているんだゾ』

そのことをどうしても監視員に分からせたかった。だから僕はカガミを見かける度に、カメラが設置してあるだろうと思われる、カガミの真ん中一点をギッと凝視したり、舌を出してみたり、変な顔をしてしゃべりかけてみたりした。

カガミを見かける度にそんなことをしていたら、だんだん疲れてきた。疲れたを通り越して僕はゲッソリしてきた。

誰にも言えない、一人の戦い。相変わらず感じる、人の目線、カガミの監視、喫煙所の気配。僕はそのうち洗面所のカガミに向かって、自分の気持ちを訴えるようになった。

『僕はもうこんなにまいっている。いつも人に監視されるということは、すごく苦しいことなんです。どうか、もうやめてください』

僕は監視されることに疲れ、カガミの前でゲロを吐きながら何度も呟いた。

こんなに切実な訴えを聞いてくれないはずはない。きっと、カガミの向こうの監視員達には僕の気持ちが伝わったはずだ。と、疑わなかった。

きっと明日には変わっているはず、明日は無理でも、近いうちに監視というシステムは無くなるだろうと、会社を信じてずっと待っていた。

過去の先輩

会社で『あいつ最近おかしいぞ』という噂が流れ始めていた。

一人でカガミに向かって呟いたり、睨んだり、拝んだり、吐いたり。

クンクン嗅ぎ回ったり、キョロキョロしたり、上の空だったり。

元々、僕は普通であるとは思われてはいなかった。初めから一般とは違う変わり者としてまかり通っていた。だから、『あいつ最近おかしい』という言葉も、何も感じなかった人からすれば、

『そんなの前からじゃん。何を言っているんだ。今頃気づいたのか？』

という感覚だったようだ。

でも、その時の当の本人は真剣だった。真剣に自分の思考と戦っていた。周りが言うように僕がおかしいのか。それとも、みんなが何も気づ

かずにいるだけなのか。

　職場で同僚達が確実に僕の噂をするようになった。その話し声は色んなところから聞こえてくるが、僕が近づいたり、そっちを見たりするとピタッと止まる。

　朝、僕が出勤して来ると、さっきまで外に漏れていた話し声が急に止み、皆無言になる。トイレに入ると、今まで話し込んでいた人達が、気まずそうに出ていく。

　みんなで僕の悪口を言っているように思えた。全く知らない他の部署の人達の会話も自分のウワサ話のように感じた。

　そんな中で一つハッキリと聞こえてしまった会話がある。

『昔、あいつみたいにおかしくなった人がいた。今のあいつと同じように、目がいかれていた』と。

　話を聞いているとその人は、十年程前にこの職場で働いていた先輩らしい。周りの同僚達が病院へ行くように勧めたが、その人はどうしても行きたがらなかった。

041　過去の先輩

本人の親の勧めもあって、ついに病院へ行くことになったが、病名不明のまま入院となり、点滴を打ったら、原因不明で死んでしまったそうだ。

僕は怖くなった。その先輩と僕の症状が一緒ならば、僕は病院へ行くべきではない。きっと同じように殺されてしまうだろう。その先輩はきっと自分で分かっていたんだ。病院へ行ってはいけないと。なのに行かされたんだ。そして、死んだ。

周りの同僚達も、僕に病院へ行けと言って来はじめた。過去にそういう先輩がいたのにもかかわらず、病院を勧めるということは、僕に死ねと言っているのと同じだ。僕はそう判断した。病院という言葉をキーワードに、職場内での敵と味方を見分けていった。

病院へ行けという奴は「悪」、行くなという奴は「善」、残念ながら誰一人として『病院へ行くな』とは言ってくれなかった。僕はそんなにみんなに死を望まれる人間なのだろうか。そんなに恨みを買っていたとは知らなかった。

一瞬本気で、

『そんなに皆が望むなら分かったよ、病院で死んでくるよ』

そう思うこともあった。しかし、それでは過去の先輩と同じである。僕は僕の命を生きる。人が望んでいるからといって、死ぬわけにはいかない。先輩は優しすぎたんだ。周りが望んだから、従った。

僕は違う。僕は図太く生き抜いてやる。全てが敵でもかまわない。その言葉が悪魔のささやきの言葉『病院へ行け！』がもしかして僕のための言葉でも従わない。辛そうで見ていられないからという理由でも従わない。辛いからって、いちいち死んでいたんでは人間失格ですよね、神様。

僕は自分を信じます。そして全てが敵だというならば、神様を信じます。

いつしか僕は自分の心に神様を持つようになった。なぜなら一人は辛いから。誰のことも信用できない。僕の生きる道をみんなが邪魔しようとしている。神様だけは僕の死を望むはずがない。だから神様だけを信じた。

僕と神様　ＶＳ　全ての人間という感覚の戦いだった。

初めての除霊

僕の周りに対する目が更に鋭くなった。自分の妄想を信じ切っていたから、カガミや人に対する奇声も激しくなった。

このことを会社の上司が心から心配してくれていた。僕のあまりの挙動不審さから会社をクビにするという話になっていた。それをこの上司が上役に頭をさげて、なんとか僕のことを許してもらってくれていたらしい。

会社の人間全員を敵と疑い、ひどい態度をとっていた僕なんかのために、上役に大事な頭をさげてくれた人。

その上司がわざわざ会いに来てくれた。僕のために色んなことをしてくれたと思うと、僕は自然と床に座り、頭を下げ、土下座をしていた。

そして上司は『次はもう助けられないよ』と言った。

ありがたくてありがたくて、いっぱい涙が溢れ出た。こんな僕なんかのためにと、たくさんお礼を言いたかったが、涙が邪魔をして言葉がでなかった。言葉が出ない分、この感謝の気持ちは、土下座では足りなくなった。

そして今度は狂った子供のように呻き泣き、体に力が入らなくなり、床にあおむけになった。自分でも訳が分からなかった。なんでこんな格好をしているのか。それはとても礼儀知らずなカタチだった。

そんな無礼な格好で狂ったように泣いている僕の上に、上司は厳しい顔で馬乗りになってきた。僕は殴られてもかまわないと思った。あなたならどうにでもしてくれて結構と、犬のように腹を向け、完全に力を抜いての無防備状態だった。

その時、上司は僕の首を両手で絞めてきた。その意味は分からなかったが、僕には全く抵抗は無かった。もしかしたら病院に行かなくても、このままこの人の手で楽になるのかもしれない。こんなに僕のことを思ってくれる人の手でなら楽になってもいいと覚悟した。

そう思った次の瞬間、上司は手を離し、『起きろ！』と強く言った。

しかし、僕の体に力は入らなかった。そして再び更に腹に響く声で『起きろ！』と喝を入れられ、僕は気力で何とかうつ伏せになり、懸命に起き上がろうとするのだけれど、体がいうことを聞かない。自分でも起き上がれないでいることを疎ましく思いながら、生まれたばかりのコジカのように何度も起きかけては潰れ、涙と鼻水を垂らしながらもがいた。

どうにか四つん這いになり、唸り声を上げながら、ゆっくりと隣の部屋へと這っていった。なぜ隣の部屋へ向かっていくのかは分からない。ただ本人は必死になって向かったんだ。

そして隣の部屋に着くと、突然体の力が抜け、突っ張っていた頭もダルンともたれ、涙もピタッと止まり、頭の中がとてもすっきりしていた。

上司がそこへ優しい笑顔で歩み寄ってきた。そして僕に、『楽になったか？』と、声をかけた。

どうやら僕の後ろに霊が取り憑いていたらしい。今、上司が行ってくれたのは除霊だったんだ。体がとても軽い。自分がやった行動は全て覚えているが、なんでこんなことをしたのか、なんで泣いたのか、なんで奇声を上げたのか、なんでそこまで人を疑ったのかは、その時自分でも理解できなかった。ただ、そういう感情が自分自身にあったことは鮮明に覚えている。

僕は自然と左上の天井をボーッと眺めていた。そして上司に尋ねた。

『あそこにいる霊はまた僕に入ってくるのでしょうか？』

『おまえは心に隙があるから入って来られるんだ。もっと大人になって、シャンとしていれば、霊だって入って来れないんだから』

どういう意味だろう。大人になるということはもっと、日々色んなことに警戒して過ごせという意味だろうか。

シャンとするとは、いったいどうすることなのだろう。子供みたいに誰にでも、笑顔で接するな、という意味だろうか。今の都会のルールに従い、シガラミにはまり、シガラミから外れるな。今の時代におまえのような雰囲気は適さない。人になめられないように、もっと威圧的に生きろ。と言われているように感じた。

自分の生き方に関する考え方を変えるのはとても難しい。だって、今までそうやって生きてきたのだから。でも、今のままでは、きっと、また取り憑かれるのだろう。僕の考え方や社会に対する表面上の表わし方が変わるまで、霊というのは僕のような人間に取り憑き続けるのだろう。

霊というのは本当にあったんだ。

今回、僕自身が除霊というものを経験するまでは、そういったものに関しては半信半疑であったが、それは実際にいた。存在していた。僕は自分が取り憑かれることによって、その存在を信じた。

過去の先輩は、いったい僕に何をさせようとしたのだろうか。僕に取り憑いて、何をしたかったのだろう。僕自身を死の道連れにしたかったのか、それとも僕を操作することによって、職場に復讐したかったのか。

悪と善と凡

霊は存在していた。目に見えないものが世の中には存在する。ということは神様も存在するのだろう。僕が心で会話している神様も実在するに違いない。実際に何度も僕の心を助け励ましてくれたし。

どうやら僕の心が病んでいるという結論だけでは済みそうにない。周り中が敵に見えたのにも、神様や霊とも関係があるのではないかと考えた。

今回、僕に憑いていたのは悪い霊だ。先輩は病院に行きたがらなかった。なのに周りに行かされた。そして逝ってしまった。きっとそのことを恨んで悪霊になってしまったのだろう。

生きている人間にも悪は存在する。例えば、ビリヤード場の人達。彼らは悪に違いない。そして、あの悪い女も、彼女に関わる彼氏も親父も悪。電車や街でこっちを睨んでくる人達、追いかけて来る人達も悪。会社の上司は善の中でも特に高い能力を持っている人で、上役や監視員達は悪。

人は確かに一人一人の人間だが、その後ろに憑いている霊によって、善になったり悪になったりするのだろう。そして後ろに何が憑くかは、その人が選ぶことはできず、その人の心の隙間次第なのだろう。

凡達は気づいていない。世の中の人間の三分の一が善、三分の一が悪、三分の一が凡であるということを。電車に乗って座席を見回すと、あの人は確実に凡だと思える人がいた。その人は見えない世界とは全く無縁で、ただ現実の悩みだけを抱えている。

僕自身は、一体どれなのだろう。凡か？　いや違う。現実の人間関係には悩んでいない。もっと奥深い、目に見えない心の世界で苦しんでいる。では、善か悪か。人を疑ってばかりいるから悪だろうか。神様の言葉によって心が落ち着くのだから、善が後ろにいるのか。

051　悪と善と凡

もしかして、善と悪の間をさまよっているのかもしれない。だからどちらも僕の心を引き寄せようとする。

悪は相変わらず、カガミ越しの左目で僕を睨み、色や数字やマスクや知人などの姿で、ひっきりなしの攻撃を続けてくる。

善は本当にヤバイとき、僕の思考が混乱してくると笑顔のおばあさんや、親切なおじいさん、子供や犬の姿で『大丈夫だよ』とこっちに目を配ってくれる。

駅のホームで黄線の外側に出てしまったときも、善のおじいさんが、サッと近寄ってきてくれた。

毎日が苦しくて、何度も元の凡に戻りたいと願ったけれど、もう後戻りはできなかった。

見えない世界を知ってしまったのだから、その真実を忘れて無にするなど、できるはずはなかった。

漢字の分析

僕が漢字の分析をするようになったのは、『偶然』と『必然』の違いをはっきりさせたいと思ったのが切っ掛けだったろうか。

黄色い服の人がこんなにも僕の周りにたくさんいるのは偶然だろうか。

他人の会話が、今僕が考えていたことと一致するのは偶然だろうか。

では、偶然とは何かということが漢字の分析の切っ掛けとなった。

『偶』とは人の作ったもの。土偶、偶像など。だから偶然とは、その人には『たまたまだ』『不思議だ』と思えても、きっと人が作り出した計画性のあるものなのだろう。

一般に驚いたり、不思議がられている偶然は、誰かが故意にそうなるように操作して作り上げているのだから、偶然というより当然なんだ。

僕が見たり感じたりした、黄色い服やマスク、他人の会話なども、やはり偶然であり、そうなるように人が遣わされてきたのだから当然の出来事だった。その出来事に対して今までの僕はほんろうされていた。しかし僕はおかしい、不自然だと感づいたんだ。不思議でも何でもない。たまたまでもない。誰かが人を操作して、そういう偶然を作り上げているんだ。

ということは、偶然を経験する人は僕と同じで、誰かに監視されている人達なのだろう。

街でも駅でも、突然叫んだり変な動きをしたりと挙動不審な人が時々いる。

僕はその人達にすごく親近感が湧いてくる。なぜなら、その人達もきっと偶然というものの不自然さに気づいているのだろうから。そして、僕達を勝手に監視している『誰か』という存在に、とてつもなく苛ついているのだろう。

とても分かる。その叫びたくなる気持ちがよく分かる。きっとそれは僕自身と同じ悩みだから。でも、その人に近づいたり、声をかけたりすることはしなかった。何故なら、その人の目に僕が善として映るとは限らないから。もしかしたらその人にとっては、僕は悪なのかもしれないから。

そして次に『必然』とは何だろうと考えた。『必』という字を分析してみた。必とは心にタスキをかけた文字だ。つまり、心にきざむ、自分の心の神様との約束を意味すると考えた。

だから、『必然』こそ神様によって与えられた、運命的たまたまであり、運命的な不思議さなのだろう。偶然とは大きな違いがある。言うならば、仕掛けのある手品が偶然で、神秘な超能力こそ必然なんだと思う。世間ではこの二つの言葉の意味が逆にとられているようで、僕は悲しい。

大体こんな具合に、約百種類の漢字を勝手に分析していった。

すると、ある共通点が見つかった。どうやら、左右対称な漢字には、善の意味を持つものが多いらしい。その中でも特に水という字が僕は好きだった。僕は水という字を使って、自分だけの左右対称な漢字を作ってみた。
右からも左からもサンズイを流し、間にフクの字を入れた。
笑顔が輝いているような、素敵な漢字ができあがった。

056

右と左の平等

僕は背骨が少し左右に歪んでいる。だから時々体をボキボキッとネジってまっすぐにする。これをやらないと体がだるくてしょうがない。きっと体自身が左右対称になることを求めているのだと思う。

体に歪みが生じるのは、手や足の使う頻度が違うからだと思う。

鏡を見ると、顔も右と左で形が違っている。鏡の中の自分にとって、右半分が優しい顔で、左半分が憎しみの顔に見える。

僕は生まれたときは左利きだった。それを母が、育てる過程の中で徐々に矯正してくれた。だから今は右利きだ。

もし矯正していなかったら、体のネジレも顔つきも今とは左右逆で、今鏡に映っている姿こそが現実の僕の姿となっていただろう。

057　右と左の平等

時々、テレビや電車の中で、左右の顔の作りが同じ人を見かける。その顔はとても穏やかに見える。神様や仏様の顔も左右平等にできている。それは心の状態を表わすのだろうか。憎しみも優しさも区別することなく、全てを受け入れると左右平等の円満な顔になれるのだろう。

善と悪は鏡越しの人間のようだ。ものごとが逆になる。ただそれだけ。善いことが悪く映り、悪いことが善く映る。だからどちらが正しいということはない。自分から見ると相手が間違って見えるだけだ。大事なことは、自我ではなく他を理解する心なんだ。

僕は左右の平等を目指した。全てを受け入れる円満な顔を求めた。

今僕が苦しいのは悪を憎む心があるからだ。ただ善を求めるだけでは体がネジレるだけだし、人を疑う心が生まれるだけだ。やみくもに悪と戦うのではなく、共存していこうと思った。善と悪は鏡のように形も、心の表し方も、ただ表現の方法が逆なだけなのだから。

まずは左右の平等を求めて身近なことから始めてみた。

ごはんを食べるときにハシを左手で持ってみた。タバコを左手で吸ってみた。歯ブラシを左手で持ってみた。足をいつもとは逆に組んで座ってみた。コンタクトレンズを左から先に入れてみた。左手を上にして水をすくってみた。今まですごく色んなことに対して右を優先させてしまっていることに気がついた。

しばらくこれを続けていると変化が現れてきた。背骨が楽になってきた。首の傾きが治った。鏡を見たとき、左目が穏やかになっていた。

やはり右と左さえも平等に扱うべきで、優遇したり差別したりは物事にひずみを起こすことになるのだと思った。

いじわる表現の悪魔達

悪魔はギッと左目で睨んでくる。悪魔は悪い薬を飲むように促してくる。悪魔はサングラスをかけて脅かしてくる。

でも、それらは彼らにとって親しみの表現なのかもしれない。

逆に天使はニコッと微笑んでくる。これを悪魔にやるとすごく苦痛なのかもしれない。

当たり前のように、生きること生き続けさせようとすることが天使の表現の仕方であるが、悪魔にとっては逆なのだろう。

悪魔にとっての親切心はきっと殺してしまうということなのだろう。

人間は死を恐れるからこそ、生かしてくれる神を善であると拝んでいるだけなのかもしれない。死の先を知っている悪は、ただ人間を楽な世界へ連れて行ってくれようとしているだけなのだろう。

『さあ、早いとこ死んじまおうぜ』

『こんな苦しい世界にいることはない。さあ、大きく口を開けてごらん。今度こそ連れて行ってあげるから』

喫煙という戦い

『人前で大口を開けるな』という先人からの言葉がある。

それは単に、だらしがないというだけの問題ではなく、他に何か大事な意味があるのだと思う。上司に『おまえは心に隙があるから取り憑かれるんだ』と言われたことを思い出す。

大口を開けることと、心に隙ができることは無関係では無いと思えた。きっと魂というものは口から出入りするのだろう。何かの絵でもそんなシーンを見たことがある。昔からそう言い伝えられてきたことなのだ。

前の先輩の霊も僕の口から侵入したのだろうし、他の霊も入ってきているかもしれない。

だから、人前でタバコを吸うときは特に気をつけるようにした。無防備に口を開けてしまうからだ。この灰皿の周りにいる誰が悪なのかは分からない。でも確かに悪の気配がする。僕を狙っているように思えてしょうがない。敵はこの中の一人かもしれないし、全員かもしれない。そいつの吐く煙だけは吸ってはならない。

その煙が体内に入ると僕の体は悪に乗り移られてしまい、そして連れていかれてしまう。この漂う煙の中のどれを吸ってはいけないのかを見極めるのは、とても困難だった。

僕はできるだけ口に隙間を作らないように煙を吐き出し、鼻から空気を吸い込んだ。鼻には鼻毛というフィルターがあるから、ある程度は安全だと思えた。喫煙後は必ずうがいをした。気をつけていても悪の煙を吸ってしまっているかもしれないからだ。そしてタンを吐くとやはり黒く汚れていることが多い。

『やはり、あの時あいつが吐いた煙が怪しかったか。どうもこっちに吹きかけてくる感じがしていたのだが、不覚にも少し吸ってしまった』

と深く反省をする。

敵と味方の見分け方

一般にお香は神の煙である。だから悪を寄せつけないし、それを吸っても害はない。

これとは逆に悪の煙というものがある。これを吸うと心と体が毒に侵され、病気になる。

どの煙が善で、どの煙が悪なのかは吸ってみなければ分からない。

それを判断するにはその煙を吐き出している人間を注意深く観察する必要がある。

監視された社会、特に僕の勤めるこの会社で生きて行くには自分の五感に頼り、信じて善と悪とを見わけなければならなかった。

そのくらい煙というものに敏感になっている時に、受付の女の子が旅行へ行ってきたと、僕にお土産をくれた。

タバコだった。

その女の子はいつも明るい笑顔で挨拶をしてくれるとてもいい人だった。この人が今のこんな状態の僕に、タバコなどをくれたということにはきっと意味があるのだと思った。

きっとこのタバコは善の清めが施してある特別なものなのだろう。体に入り込んでいる悪を浄化してくれる作用があるのだろう。今の僕にはピッタリの代物だ。

これは偶然か必然か。苦しんでいる僕に神様が、笑顔の女神を通してくれた贈り物だろうか。パッケージにはアルファベットでマレーシアと書いてあった。いかにも仏教を感じさせ、僕の心を安心させた。

さっそく一本吸ってみた。

何か違和感を感じた。もしや？　と思いながら、もう一本火を点けた。そして一つの確信を得た。

僕はこの味を知っている。この香りを知っている。これは紛れもなく

065　敵と味方の見分け方

あの臭い。あの不眠の臭いだ。僕をさんざん苦しめた強い静電気の刺激臭。これを吸ってはいけないと体が拒否し始めた。

僕は急いでトイレへ駆け込み、喉の奥までウガイをした。タンの黒色が消えるまで何度もウガイをした。

このタバコはダメだ。悪が凝縮されている。

今日のことで僕は一つの教訓を得た。人を表面だけで判断してはダメだということ。視覚だけに頼らず、やはり五感全てで人を見ていこう。

受付の女の子は悪だった。あの笑顔に安心させられた。見事にだまされた。これからは、女性の笑顔と貰いものには気をつけよう。

過去の知人そっくりさん達

僕は確実に精神世界の更に奥へと足を踏み入れていた。

時間の流れが歪んでいるように思えてしょうがなかった。

テレビを観ていると突然、体がビクッと痙攣を起こす。これは何かが起きたことのサインだ。その数秒後に一人のタレントが亡くなったと、臨時ニュースが入ってくる。

サッカーを観ていても、画面に集中したい衝動にかられると、得点が入るようなクライマックスシーンに状況が変化する。逆にアナウンサーや観客達が沸き起こっていても、僕に集中という感覚がその時なければ、そのシュートはゴールには入らない。

サザエさんのエンディングのジャンケンで全く迷うことなく勝ててし

067　過去の知人そっくりさん達

まったり、カラオケの消費カロリーの数値を0・1の位まで言い当てたり、そんな利も害もない不思議がたくさん起こった。

初めは自分でも驚いていたが、何度も続くと、『またか』と当たり前になってきた。

この感覚は何だろう。絶対普通の人にはできないこの脳の働きは何だろう。ちょっとした予知能力だろうか。僕にこんな特技があったなんて今まで気がつかなかった。

予知とは何だろう。どうして先のことが分かってしまうのだろう。自分だけ時間が先を流れているのだろうか。予知は光速を超えるのだろうか。

そして、こんな感覚の時に電車に乗ると、僕にとって懐かしい人達に出会えた。

その人は、十年前にお付き合いしていた女性に、顔も髪型も体型も服装もそっくりだった。

その人はこっちを意識するように、途中駅から乗ってきて僕の目の前に立った。

あれから十年も経つのにその女性だけ時間が経過していないようであった。

お互い声は掛けなかった。なぜだろう。自然に声は掛け合うことなく、ただ呆然としていた。

次はどんな不思議が起きるのだろうと、構えてはいたが、この光速を超えた出来事にはさすがに僕も驚いた。予知というよりも、時の流れが自分の中で目茶苦茶になっている感じだった。

この出会いは偶然なのか必然なのか、自分の心と話してみても答えは出なかった。

僕としては神様がくれた、運命的な出会いであったと思いたい。

また、別の日に電車で、別れた妻のそっくりさんとも出会った。今度は逆に普通の時間帯よりも歳をとった姿だった。当時、僕のほうが七歳年上であったのが、この出会った時の姿は、確実に僕よりも十歳は老けていた。

069　過去の知人そっくりさん達

だから、僕自身も見たことがない雰囲気ではあったが『あれは！　間違いない』とピンときた。なぜなら隣に僕の息子を連れていたからだ。見たまだ五歳のはずだけれど、時を超えてだいぶ大きく成長していた。見たところ小学校三年生ぐらいだろうか。

妻も息子も、そして僕もみんなそれぞれ時間の経過の仕方が違っていた。

しかし、もう会えないと思っていた息子に会えて、とてもうれしかった。二人とも元気そうで安心した。この必然の出会いに、僕は神様に感謝した。

空間と健康

人の中にはオーラというものが見える人がいるという。本当なのかとたかをくくっていたが、どうやらオーラは本当に存在しているらしい。

少し前まではなんとなく集中したときに、指先がしびれる程度だった。林の中を背筋を伸ばして、肩を下ろして、空気の匂いを嗅いでいると指がしびれる感覚におそわれた。趣味で始めた太極拳をやっているときも、同じようにしびれた。

最初はただ、指先が冷えただけかもしれない。血が溜まっただけかもしれない。とも思ったが、気持ちがみなぎる感じは否定できなかった。

最近はいつでもその場でオーラを感じられるようになった。

鼻で空気の香りを嗅いで、目の焦点を物ではなく空間に合わせる。例えば電話をしていて受話器に話しかけているときの焦点や、後ろにあるものを手探りしているときの目線で空間を見る意識に似ている。そうすると、こめかみと耳がビクッと小さく動く。

そのまま気をそらさないように持続させていると、色んなところにボヤーとした光が見えてくる。人の周りや物の周りが光で包まれているのが分かる。

神様の後ろにある後光は、きっとこのことなのだろう。神様だけではない。誰にでもその後ろに後光はあるのだ。人だけではない、物にもそれはある。ただ自分のそれだけはどうやっても見ることができない。神様も自分に後光がさしているなんて、気づいていないのかもしれない。オーラは鏡には映らないのだろうから。

一番強いオーラの持ち主は太陽だと思う。太陽の周りに輝くあの強い光は誰にでも見ることができる。なぜならきっとそれは太陽には目の焦点の合わせようがないからだろう。存在する位置があまりにもはなれているからだ。だから誰もが自然にオーラを見て感じることができる。誰にでもオーラを見ることはできるのだ。地球上のものに関してはただ見方が分からないだけだと思う。見えるとその存在を信じようと思える。説明がつかない色んな不思議なことも、周りは否定するけれども自分は否定しなくなる。

太陽光をただの光と思わずに、オーラであると思えれば、自然と太陽を浴びたいという気持ちになる。

僕は特に疲れた時は、掌で太陽光を浴びるようにしている。そしておでこの前で三角形を作り、エネルギーを吸収している。

日中は太陽を、夜は月の光を浴びる。太陽光と月光とでは、体に与えるエネルギーの種類が異なる。

おそらく、月光は内臓を健康にしてくれる。『臓』という漢字は月の蔵と書く。昔の人は、月と内臓の関係を知っていて、この字を作ったのだろう。

虫の存在

人を善悪に分けるだけにはおさまらず、公園で見かける犬さえも、飼い主が悪ならば、その犬も悪であると考えた。

草や木や花もまた、植えた人間次第であり、花の香りさえ、嗅ぎ分ける必要があった。

特に注意をしたのが鳥である。やはり一般に言われている通り、カラスは悪の使いだった。

僕をつけまわし続ける悪人達は、いつもどのようにして僕の所在を知りうるのか。職場では鏡がその役割を果たしているようだが、町中ではそれはカラスの仕業らしかった。

常にカラスが僕の行動を見張り、その情報を悪の根源に伝える。そしてそこに、マスクや黄色い服といったうっとうしい連中を手配してよこす。僕は思考に思考を重ねて、やっと奴らのこの手口を見破った。

『カラスが憎い』

『この使いっぱしりめ！』

僕は町へ出ると空を見上げて、カラスがいないかどうかを確認した。そしてカラスを見つける度にガンをつけて歩いた。

カラスは『ばれたかっ！』という表情をして、どこかにいる主の元へと飛んでいった。

そんな僕の唯一の味方は虫であった。彼らは小さいながらも頼もしい存在だった。

後ろで何やら声が聞こえる。僕に話しかけている、こっちを見ている、などと思ったときに、どこからともなくプーンと飛んできて『今聞こえた声はムシしろ』『あいつと目を合わすな』と言ってくれているかのように、しきりに僕の顔の前を飛び回る。

マスクや黄色がうっとうしすぎて、殴りかかりたくなったときにも、

075　虫の存在

虫はやってきて『心を落ち着けよ』と感情をなだめてくれる。

強い挑発の誘いにも負けずに、心を沈めることに成功したときには、何匹かの群れで飛んできて『よく我慢したね』と誉めてくれた。

虫の知らせとはよく言ったものだ。なんでそんな言葉が生まれたのかが身を以て分かった。本当に虫は人に何かを知らせてくれていたんだ。昔の人の作った言葉には必ず意味がある。遠い昔に誰かも僕と同じく、こんな不思議な体験をしたのだろう。そしてこの言葉が生まれたに違いない。

僕を救ってくれる虫の種類は様々だ。蝶々だったり、てんとう虫だったり、トンボだったり、ハエだったり。僕は虫と友達になれた気分で嬉しかった。

だから、その生涯を終えて、地面に横たわる虫を見つけたときは、ご苦労様と手を合わせて土にかえしてやった。だって、この虫もきっと誰かのために何かを知らせたのだろうし、そんな仕事を何往復もこなして、息絶えたのだろうから。

水の流れるように歩く

水はお互い道を譲りながら流れているのだろうか。それとも、ぶつかりながら流れているのだろうか。

幼い頃の僕は、人に道を譲ることに何のためらいも感じなかった。向こうから、肩で風を切って歩いてくる人がいれば、脇によけてあげられたし、三人くらいで横に並んで歩いてくる人達にも、深く考えることなく自分がよけてすれちがった。

ところが大人になるにしたがって、このよけてあげるということができなくなってきた。

人とすれちがう度に、イライラしてしまう自分。イメージの中で歩道に中心線をひき、その線をはみだして来る者には、嫌な顔をしてみせた。

077　水の流れるように歩く

『あの人は何考えて歩いてるんだ！　ちゃんと前を見て歩けよ！　その線を歩いてきたらオレにぶつかるだろうが！　分かってないなあ。相手がよけることを当たり前に思っているんだろう！』

でも、もうやめた。

またあの子供の頃のように道を自分から譲るようにした。

他人の少しのズレも許せない自分がみっともなく思えたから。だから今は水のように歩いている。

向こうから岩が流れてきたら水は迂回する。

向こうから水の大軍が迫ってくれば、水は水の少ないところへ回避する。

急いでいる水には道を先に譲り、自分は立ち止まる。

水は同様に風にも置き換えられる。

混雑した町中や駅を歩くとき、両手の力を抜いて風の流れを感じながら歩くようにしている。そうすると、不思議と人にぶつかることはなく、とても気持ちよく、自然な流れの一部として、先へ進むことができた。

焦らず、争わずゆっくりと風を感じ、次の動きを考えることなく、風にゆだねた。

この先は階段で上るべきかエスカレーターを使うべきかも風に聞き、足の赴くままに任せた。足は僕が全く意識しなくても、勝手に動いて、行くべき道へと進んでくれた。

僕はその足の選択を完全に信じ、全く逆らおうなどとは思わなかった。道を選び間違えればきっと災難に出遭う。このときの僕にとっての災難とは、僕をどこまでも追いかけ、監視しようとする人達。そんな悪達を追い払うための道案内を風がしてくれて、足がそれを考えるより早く察知して行動してくれている感じだった。

この自分以外の何かに身をゆだねるという行動は、僕にとってとても心地よく、楽で、安心できるものだった。自分の背後にいる神様に完全に寄りかかっていた状態だ。

この『ゆだね』は、他の場面でも現れた。

自動販売機に小銭を入れても戻ってきてしまう時や、千円札がうまく入らない時にも、その背後の意志に従った。真にその物を買うべきであれば、すんなりとお金は入るはずである。入らなかったり、拒否されるのは、きっとその物をその時その場所で求めるべきではないのだろう。そう思えた。

お菓子の袋や牛乳パックの口がうまく開かないのは、それを口にするべきではないという警告なのだろう。それを無視して欲に走れば、きっと吐き気がしたり、お腹をこわしたりするに違いない。だから開けづらいのではなくて、開かないように守ってくれているのだ。

運転中すぐに赤信号に当たってしまうのは、先へ向かうペースを落とさせるためなのだろう。もしそのままのスピードで走っていけば、事故と遭遇する。だから赤信号で待つことによって安全な空間が開かれるまで抑えてくれているのだ。

携帯電話をかけようと思ったら、充電が無くなっているのは、今その人と話をするべきではないからだ。それは相手が忙しい最中かもしれないし、やっかいな話を持ちかけられるかもしれないし。

『委ね』をことがうまく運ばないときに使うと、いちいちイライラすることがない。それどころか、その都度、神様に感謝することができる。

逆に『委ね』を悪事を働いた後に使うと、自分にその責任を感じなくなってしまう。

神が自分にやらせた。自分はしたがっただけ。悪くないと考えてしまうから。その犯罪はこの使い分けが難しいと思った。

料金受取人払郵便

新宿局承認

7552

差出有効期間
2024年1月
31日まで
（切手不要）

郵便はがき

160-8791

141

東京都新宿区新宿1－10－1

（株）文芸社

愛読者カード係 行

ふりがな お名前		明治　大正 昭和　平成　年生　歳
ふりがな ご住所	□□□-□□□□	性別 男・女
お電話 番　号	（書籍ご注文の際に必要です）	ご職業
E-mail		
ご購読雑誌（複数可）		ご購読新聞 新聞

最近読んでおもしろかった本や今後、とりあげてほしいテーマをお教えください。

ご自分の研究成果や経験、お考え等を出版してみたいというお気持ちはありますか。

ある　　ない　　内容・テーマ（　　　　　　　　）

現在完成した作品をお持ちですか。

ある　　ない　　ジャンル・原稿量（　　　　　　　　）

書　名				
お買上 書　店	都道 府県　　　　市区 郡	書店名	書店	
		ご購入日	年　月　日	

本書をどこでお知りになりましたか?
1.書店店頭　2.知人にすすめられて　3.インターネット(サイト名　　　)
4.DMハガキ　5.広告、記事を見て(新聞、雑誌名　　　)

上の質問に関連して、ご購入の決め手となったのは?
1.タイトル　2.著者　3.内容　4.カバーデザイン　5.帯
その他ご自由にお書きください。
(　　　)

本書についてのご意見、ご感想をお聞かせください。
①内容について

②カバー、タイトル、帯について

弊社Webサイトからもご意見、ご感想をお寄せいただけます。

ご協力ありがとうございました。
※お寄せいただいたご意見、ご感想は新聞広告等で匿名にて使わせていただくことがあります。
※お客様の個人情報は、小社からの連絡のみに使用します。社外に提供することは一切ありません。

おみくじ　信・調・仕

頭が勝手に色々なことを考えてしまう。自分でコントロールができない。考えることをやめようと思っても、鎖のように次から次へと湧いてきて、妄想が止まらない。見えるもの聞こえるものについて、頭がどんどん働いてしまい、先へ先へと進んでしまう。

このままではまずい。一度完全に頭のスイッチを切って安眠しなければ自分が壊れてしまうと感じた。

僕は仕事を休職し、実家へ帰ることに決めた。

電車を使って帰ると、また誰かに追われて、実家の場所までばれてしまう。それだけは避けなければならない。実家だけは安息の場所であってほしいし、追われたまま帰宅したのでは親にも迷惑がかかってしまうだろう。

だから車で帰ることにした。車なら奴らもたやすく追っては来られないだろうし、一軒家なら周囲から隔離された空間なので、安心できる。

実家までの短いようで長い道のりを、なるべく何も考えないように運転していたが、やはり妄想は止むことなく頭を駆け巡る。

だからラジオをつけてその音だけに集中するように心がけたがやはり駄目だった。ラジオの言葉が自分に関係しているように思えてならない。

『苦しい、地元はまだ先か。早く着きたい』何も考えないで、安全に運転する方法はないものか。苦し紛れに空を見上げる。そこには雲があり、雲が何かの形に見える。そこからまた、思考が始まってしまう。

だから目線を下に移す。すると今度は、前の車のナンバープレートが頭を刺激してくる。ナンバーの四ケタがゴロ合わせの言葉に見える。

4140（良い死を）

1018（人はイヤ）

『見てはいけない。だけど安全に運転を』

083　おみくじ　信・調・仕

『考えるな　上を見るな　前を見るな』

僕は必死に自分の脳と戦いながら、雲が見えない程度の上空と、ナンバーが見えない程度の前方の間に目線と意識を集中させた。

そんないつ事故を起こしてもおかしくない、一時間半の格闘の末、やっと車は地元へとたどり着いた。

まずは昔からなじみのお寺に寄って、道中の無事を感謝し手を合わせた。

そして、今の自分、今後の自分について神様に助言を頂こうと、おみくじを引くことにした。

今までも神様は僕の心に語りかけ、いつも正しい方へと導いてくれた。これからもそれは変わらないと信じている。

だが今はどうしても、その神の言葉というものをハッキリとした言葉で読み取りたい。そう思った。文字で神の言葉を読むことで、それが、今まで僕に語りかけてきた言葉と同じであることを確かめたかった。そして、そうであることを願った。そんな気持ちで、そんな覚悟を胸におみくじを引いた。

　箱の中では、色とりどりの帯を巻いたおみくじ達が僕を待っていた。僕は今まで通り、自分の思考を通さずに、自分の手にその選択を任せた。

　引いたのは黄色い帯のおみくじだった。また黄色だった。というよりも、やっぱり黄色だった。僕の一番好きな色であると同時に、僕を追い回す悩みの種の色。吉とでるか、凶とでるか。内容はどちらかに傾いている。きっと中間的な答えではないであろうと、僕は何故か分かっていた。

　なかなか開く決心がつかなかった。そのくらい、今引いたおみくじは運命的なものであると感じていたし、その答えによって、今まで僕が行ってきた行動、思考が覆される可能性があると思えて恐かった。僕の背後に存在し、助言を与えるものは善なのか、それとも悪なのか。答えはこのおみくじに書かれている。

　大吉であった！

　よかった。本当によかった。神様は今もこれからも僕の味方をしてくれる。信じてよかった。お寺に寄ってよかった。
きっと、今日僕がここへ来ることを神は知っていたのだろう。そして
このおみくじを用意して待っていてくれたんだ。道中の無事もまた、神
様が見守っていてくれたからこそだ。僕が信じる限り、これからも見守
ってくれるに違いない。
『ありがとうございます。こんなにありがたいプレゼントは他にありま
せん』
僕は大吉のおみくじを両手に乗せ、そして手を合わせ拝んだ。
実家へ帰ると、すぐに祖母のもとへと急ぎ、おみくじに書いてある内
容を見てもらいながら、最近の僕自身に起こる、おかしなことについて
話した。
祖母はウンウンとうなずきながら話を聞いてくれた。そしておみくじ
に書かれている中の三つの言葉を大事にするようにと言った。
一、人と神を信じること
一、調子に乗らないこと

一、仕事は本気で打ち込むこと

僕はその場でこの三つの言葉を頭に覚え込ませた。

僕は何かあるごとに三つの言葉を呪文のように唱えた。思考に支障を来したとき、この呪文はとても効果があった。心が不安でたまらなく、そわそわしてどうしようもないときは、三つの言葉のバランスが崩れているときだった。

人を疑い憎み、襲いたくなる衝動を『人と神を信じよ』と抑えた。

神様がいつも助言してくれるという考えを『調子に乗るな』と抑えた。

職場の企てが気にかかろうとも、その中で与えられた自分の役割はしっかりこなし、仕事そのものを愛するよう努めた。

三つの言葉を心の三本柱として、常にその時の自分を確認し、調整した。

『信・調・仕!』

霧中の天国

母が僕の精神異常を察して、気晴らしに旅行へでも行こうと誘ってくれた。人混みや人の目、人間達に疲れた僕は、人里離れた温泉地へでも行きたい気分であったが、話の流れから何故か横浜へ行くことになった。横浜には当然たくさんの人達がいる。だから僕はあまり行きたくはなかった。だが、その主張はしなかった。

せっかく誘ってくれたのだから、そこへ行こう。母が僕を横浜へ連れて行きたいのであれば、ありがたく従おう。横浜という人混みの中へ行くことが、僕の運命なのだろう。そしてそこに次の試練が待っているに違いない。どんな試練であろうと人を信じよう。人混みから逃げていては、人を信じることなどできない。母が何故横浜を選んだのかは分からなかったが、僕は母を信じて一緒に行くことにした。

横浜にはたくさんのお寺があった。僕と母は地図を見ながら手当たり次第に、お寺をまわった。その都度僕は手を合わせ、『信・調・仕』と唱えていた。そして十カ所目のお寺で手を合わせたとき、神様からの言葉を僕は確かに頂いた。『水になれ、風になれ』と。そんな感じの思いが僕の心に伝わってきた。僕は観光マップを開き、神様の言葉の意味する場所を探した。僕はどこへ行くべきなのだろうとページを捲っていくと、地図の真ん中にスケートリンクがあった。『ここだ』と直感した。この横浜スケートセンターに行くために僕はきっとこの横浜に導かれてやってきたんだ。急遽、『スケートがしたい』と母に告げた。

母は嫌な顔一つせず、僕の行きたいところを優先させて、付いてきてくれた。

久しぶりのスケートリンク。この匂い、この空気、この温度。僕の心は『懐かしい！』という思いでいっぱいになった。幼少の頃、よく近所のスケート場に連れて行ってもらったもんだ。あの頃の気持ちが鼻と肌から思い出された。

昔教わった基本を守り、準備運動をして、手袋とヘルメットを装着し、そしてリンクへ入った。

体の力を抜き、風を感じ、水が流れるように自然に滑った。とてもいい気分だった。今僕は滑っている。ただそれだけ。今の僕に苦しい妄想は全くないとハッキリ感じた。ただ耳に通り過ぎる風の音を聞き、周りで滑っているあの頃の自分のような子供達を温かい目で見守りながら、優しい風のように通りすぎ、時々、突風のようにスピードを上げ、両手を広げ風の力で減速し、カーブを曲がり、また両足でこぎだす。

いったい何周したのだろう。体に全く疲れがない。心のほうも気持ち良いくらいに穏やかだ。今の状態がいい。ずっと今の状態でいたい。心がどこかに飛んでいきそうなほど心地いい。正に風になったような気分だ。今の気持ちを保ちながら、敢えて考えてみよう。氷の上を水のように流れながらもう一度考えてみよう。

人を信じて神を信じて、悪を許す。

調子に乗らずに、自然に流れる風のように動く。

あそびの心を持ちながら、きっちりと仕事を果たす。

人に感謝し、神に感謝し、悪を理解する。

人に謙虚に、神に謙虚に、悪に怒りを止め、笑顔で接する。

ただ生きている今を、極上に喜び、楽しむ。

大事なのは今というもの。天国や地獄は死後の世界にあるわけではない。今という一瞬が天国なんだ。つまりそれに気がつくことが天国なんだ。僕は母から生まれたその時点から、今を天国にすることが許されていたんだ。つまり、人を信じると心に決めることができたその瞬間から、その場所が天国に変わるんだ。

今頃気がついた。僕は天国に生まれ、天国で天国について考えていたんだ。信じるという答えが天国の扉につながっていたんだ。

僕らは皆、天使としてこの世に生まれた。無邪気で感情いっぱいで、人に言われたことはすぐに吸収し、何も疑わず人の言葉を信じ、迷信を信じ、不思議なことを信じた。

お化けを本気で恐がり、ＵＦＯやネッシーの存在を百パーセント受入れ、毎日楽しく過ごしていた。

それが大人になるにしたがい、全ての物事を、石橋を叩いて渡るようになり、感覚よりも科学的根拠を求めるようになった。

その時、僕らの翼は小さく小さく畳まれて、疑いという心の中に閉じ込められてしまった。そんな苦しい時間はとても長い。

大人になるということは大天使になるための試練なのかもしれない。畳まれた翼をもう一度広げるための。

嫌なものを見て、嫌な話を聞いて、人に騙され、利用されて。

それでも人と神を信じようとする心をどこかに抱え、苦しみながらも全てを許し、信じることを自分自身に確信できるようになることが、人の生きる目的なのだろう。

僕はこの世が天国であることに気づき、とても幸せな幻覚を見た。

僕には翼が生えている。長い間、折り畳まれていた翼が再び大きく広がり、風の流れに乗っている。その周りを小さな天使達がさっきよりもたくさん飛び回っている。

そして、とうの昔に信じることを覚った老夫婦達がワルツを踊り、花のような衣装を纏った美女達が華麗に舞っている。氷上は霧立ち、まるで雲の中の舞踏会のようであった。美しすぎるその情景に僕は涙を流していた。

僕が今日、天国へ到着したことを祝ってくれているようだった。

次世界へのダイビング

人間は何歳まで生きてもよいのだろう。今のこんな最高の気持ちのまま、あと何十年も生きられるのなら、なんて幸せなんだろう。

そんなことを思いながら僕と母は、父が手配してくれた今夜の宿へと向かった。

途中、行き交う人達の目は確かにこっちを見ていたが、それは今までとは違う感情の目だった。

今までの監視の目は既になく、新たに感じたのは、僕に対する驚きの感情の目と、これからの僕の未来に対してのガンバレというエールの目だった。

いったいこれから、僕の身に何が起こるというのか。いったい何に対してガンバレと皆は言っているのかは見当も付かなかったが、どうやら、まだまだ何か続きがありそうな予感がしていた。

着いたのはとても大きなホテルだった。周りのビルをも寄せつけない程の高層ホテルだった。ホテルマンに案内された部屋は上層部の角部屋で、夜の横浜を一望できた。こんな高価な部屋には泊まったことがない。父は僕のためにこんなに素敵な部屋を取ってくれたのか。ありがたい。

これは神様と両親からの御褒美に違いない。今まで人を信じて生きてきたことへの御褒美なんだ。今まで生きてきた僕の人に対する行動は間違っていなかったんだ。とても辛い心の葛藤の日々であったけれど、全てが僕自身に仏心を蘇らせるための試練だったんだ。僕は数え切れない程、人を疑ってきたけれど、心のどこかで必ず信じていた。きっと何か訳があるに違いないと。誰かのためにやっているんだとか、僕のためにやってくれているんだとか。

その考え方は正しかったんだ。そしてその試練が今日終わったんだ。人を信じてきて良かった。神様が心にいてくれて良かった。

095　次世界へのダイビング

僕はありがたく、その最高の部屋でくつろがせてもらった。フカフカのソファーに腰を下ろし、大画面のテレビを点け、グラスに酒を酌んで、隣にいる母と乾杯をした。

僕にとっては人生の中で掛け替えのない乾杯であったが、母にとってはどんな気持ちの乾杯だったのだろう。

母は僕を生んで三十年という長い間、温かい目で見守り続けてくれた。母としては自分の子供が一人前の人間になることが一番の喜びなのだろう。長い歳月を経て今日、母は息子を大天使へと育て上げた。今母は、人生の最終目的を終えた喜びと、大きな疲れの中にいるのだろう。

隣にいる母は疲れはてて眠っていた。きっと僕以上に疲れているのだろう。今日は僕達親子にとって、これ以上にない記念日だけど、特に言葉を交わす必要はない。心でお互い分かりあえているのだから。今はただ眠らせてあげよう。お疲れ様。

僕は一人で酒を呑みながらテレビを見続けていた。

しばらくすると、画面の様子がおかしいことに気がついた。どこのチャンネルに替えてもその異変は変わらなかった。

テレビの中の人達がどう考えてもおかしい。どのチャンネルの人もみんな、僕の目を見て、僕に対して語りかけてくる。どうやら僕に何かメッセージがあり、一生懸命に何かを伝えようとしているのが分かった。

テレビの中のみんなの言葉を、組み合わせて考えると、こんな感じのメッセージに汲み取れた。


『三十年という短い期間で、よく天国にたどり着いたね。おめでとう。これで、そっちの世界の旅はおしまいだ。さあ、こっちへ帰っておいで。みんな待ってるよ』


『今まで色々よく我慢したね。もうゴールだよ。こっちへおいで』

チャンネルを替えると、あの人気グループが僕のために特別な歌を歌ってくれている。

097　次世界へのダイビング

『さあ♪　その窓を開けて♪　飛び出そう♪』

また別の有名人が、僕を見つめ、心を込めて訴えかけてくる。

『さあ、勇気を出して！』と
どうやら、このホテルの窓を開けて、そこから空に向かって、飛べ！

ということのようだ。

そして、そのことはとても勇気がいることだけれども、みんなが見守っているから大丈夫。君のお母さんも、君が次の世界へ旅立つことを望んでいる。これは死ぬことじゃない。次の世界へ蘇るんだ。早く帰っておいで、恐くない。ちょっと勇気を出せばいいだけ。君ならできる。今までの辛かったことを考えればどうってことない。これが最後の試練だよ。君はこの壁を超えなければいけない。せっかく今まで乗り越えてきたんだからと。

僕は窓越しに外を覗いてみた。

夜の横浜。きれいだった。吸い込まれそうだった。

ヘリコプターがグルグル旋回し、この部屋の様子を監視している。その機体にはテレビ局のロゴマークが見えた。

テレビで中継しているのだろうか？　まるで僕がこの窓からダイブするところを狙っているみたいだった。

テレビの画面の人達が僕に語りかけていると思えたのは、どうやら間違いではなかったようだ。僕の死を応援してくれている。

今僕のことが、全国的に放映されている。

僕はフと思った。こんなに大々的に死ねるならいいかと。皆がこんなに僕の死をめでたく祝ってくれるのなら、もういいか。それは死ぬことではなく、次の世界へ旅立つことなのだし。きっと、父がこのホテルを取ってくれたのも、今夜、僕が次の世界へ旅立つためのプレゼントなのだろう。それは紛れもなく、父から息子に対する、優しさであり配慮なんだ。もう逆らう必要もないだろう。

母だって……。

僕は後ろで寝ている母のほうを振り返った。母は今ぐっすり眠っている。本当に今の現状を知っているのだろうか。母も僕が次の世界へ行くことを望んでいるのだろうか。望んではいないが、その神からの定めに逆らえずにいるのだろうか。それとも父から母へは敢えて伝えずにいるのだろうか。

もし、僕が次の瞬間、このホテルの窓を開け身を乗り出したら、母は止めようとするのだろうか。それとも涙ながらに微笑んで手を振るのだろうか。

母よ！　この重大な決断の時に本当に寝ているのか。いや、そんなはずはない。苦しみのあまり寝た振りをするしかないのか。神が金縛りをかけているのか。

僕は最後の決断をする前にせめて今一度と、母の眠るベッドへと歩み寄った。そこで僕は見た。

母の枕元には薬の入った瓶があった。睡眠薬だ。

母も逝く気なのか。息子を送る辛さに耐え切れず、自分も死のうとしているのか。

寝た振りなんかではなく、本当にもう意識がないのか。まだ間に合うか。まだ、生きていてくれているのか。

　母を死なせるわけにはいかない。母がこれほど苦しむのなら、僕もここに残る。誰が望もうと、皆が望もうと、全国が望もうと、神が望もうと、僕はまだ現世に生きる。

　僕は、コップに水を汲み、しびれさせた指先でクルクルとかき混ぜた。水道水は次第に聖水に変わっていった。

　僕は母を強引に揺り起こし、そのコップの聖水を差し出した。

『これで、ウガイしてきな！』

　母は突然起こされて、訳の分からないことを言われて、困惑していたが、僕の言葉に圧倒され、コップを持って洗面台へと向かった。

『よかった間に合った。母はまだ無事だった。本当によかった。この薬はしまっておこう』

　僕は薬の入った瓶を、鞄の奥のほうへと押し込んだ。

　そして改めて心に強く誓った。

『生きる！　母も僕も生き続ける。何者にもその邪魔はさせない』

僕は再び窓際へ向かった。そして相変わらず飛び回っているテレビ中継のヘリコプターに対して中指を立て、「落ちろ」というジェスチャーをしてみせた。

『中継は終わりだ。おまえ達の期待には決して応えない。誰が何を望もうとこれは僕の命。母が生んでくれたかけがえのない大切なもの。絶対に生き続けてやる。全部を敵に回しても』

そう心で叫び、カーテンを勢いよく閉めた。

母がトイレから戻り、僕に一言いった。

『あんたも、いいかげん寝なさいよ』

母は聖水によって、全て忘れたのかもしれない。まあ、それならそれでいい、と僕は思った。

朝日よ

僕は相変わらず起きていた。次はどんな方法で僕を死の世界へ誘おうとするのかと思うと眠れなかった。

落ち着かないので、またテレビを見た。今度のテレビは完全に悪魔達に支配されていた。どのチャンネルを回しても悪魔だらけだった。それが悪魔かどうかは、目を見ればすぐに分かる。左目をギラギラさせて、僕の心を操ろうとするのが悪魔達のやり方だ。あるチャンネルではベトナムの苦民達がテレビを通じて直接僕に訴えかけてくる。『お前に貧しい国に生まれた我々の気持ちが分かるのか！　ジロジロ見るな！』と。

他のチャンネルでは事故に遭った女の人の写真の目が僕を見ている。

さっき亡くなったばかりらしい。その左目を見ていると、その女の人の無念の思いが伝わってきた。これ以上見ていると取り憑かれると感じ、またチャンネルを替えた。

落ち着いて見ていられる番組は一つもなかった。かと言って眠れるわけでもないので、適当にコマーシャルに合わせた。しばらくすると、「朝まで生テレビ！」が始まった。議題は北朝鮮に関してであった。出演者達は議論を進め、口では世界平和を語っているが、その本心は違っていた。彼らの発言は皆、嘘だ。本心ではない。目を見れば分かる。彼らの目は皆嘘をついている。彼らは世界の平和を望んではいない。彼らは世界の破滅を望む悪魔達だ。

彼らの言う通りにしてはいけない。このテレビを見ている人達よ。彼らの言葉に説得されてはいけない。彼らの目を見てはいけない。その強い眼力に洗脳されてしまうぞ。

そんな僕の心の叫びは画面を通して、悪魔達に聞こえてしまったようだ。彼らの左目が一斉に僕へと向けられた。

『我々の邪魔をするな！』ピカーッ！

僕は彼らの魔術をもろに食らってしまった。と同時に、激しい睡魔に襲われた。『眠い』。急に眠い。これはただの眠気ではない。眠るわけにはいかない眠気だ。冬山で遭難した人のように、今寝たら死んでしまう。悪魔による睡眠、睡魔。なんとか術を解かなくては。

僕は何度も洗面台で顔を洗い、ウガイをした。それでもまだ解けない。鏡で自分の顔を映してみると、左目が鋭くなっていた。どうやら悪魔と目を合わせすぎたようだ。僕の体に半分悪が浸透してきている。これ以上入ってきたら、僕の心が支配されてしまう。もうテレビは消したほうが良さそうだ。朝日までにはまだ時間がある。それまで起きていられるだろうか。半分悪に染まった体で睡魔に打ち勝てるだろうか。僕はタバコを絶やすことなく吸い続け、煙によって悪を追い払おうとした。それでもまだ睡魔は襲ってくる。朝日さえ昇れば、そのオーラで悪を追い出すことができるのだが、まだ夜中の三時。闇の力が一番強い時間帯だ。あと三時間、なんとしても起き続け、そして生きてやる。

天上にぶら下がるオレンジ色の電球を太陽と見立てて、僕は唱え続けた。
『信・調・仕！　信・調・仕！』
あの時神様が僕に授けてくれた言葉。
祖母が僕に示してくれた大切な言葉。
一、父を信じよう。母を信じよう。テレビに出ている悪魔達をも信じよう。みんな善意で僕を眠らそうとしているだけだ。誰も憎んではいけない。全ては僕のため。僕を楽にしようとしてくれているだけ。
一、調子に乗って、相手と対抗するのをやめよう。悪魔が睨んできたら、目をそらせばいい。ただ、それだけのこと。戦って勝とうとするべきではない。戦いにさせないことが大事。
一、僕がこの世に生を享けたのには何か意味があるはずだ。僕にしかできない役割があるはずだ。それを理解し達成するまで僕は死んではいけない。神に与えられた仕事をこなし終えるまでは、生き続けなければならない。

僕は弱い電球のオーラを少しでも吸収しようと、両手を広げながら言葉を唱え続けた。もう何日くらい眠っていないのだろう。久しぶりのこの眠気。このまま眠ってしまえたらどんなに気持ちがいいだろう。今にも閉じてしまいそうな瞼。生き続けたいという思いが睡魔を必死で振り払う。消したはずのテレビがバチバチ音をたてている。真っ暗なテレビの中で悪魔達が暴れているのだろう。睡魔の術が効かない僕にしびれを切らしているのか。あと少し。あと少しで僕の勝ちだ。悪魔達は焦っている。僕がこの暗闇を乗り切れば悪魔は存在価値を失い、朝日を浴びて消滅するはずだ。僕は立ち上がり、窓から東の地平線を見つめ、朝日を迎える態勢に入った。

闇がうっすらと明らんできた。戦いは終わった。待ちわびた太陽が照れくさそうに少しずつ顔を出して、その大いなる光を渇き切った僕の体に注ぎ込んだ。

『フーッ。遅いよ、太陽さん』

『おまたせ』

　こんな会話をしていた。

　僕は勝った。勝利の太陽の味は格別だった。すばらしい。ただ、生きて朝日を浴びていることが何よりもすばらしい。ありがとう神様。

　不思議と眠気は消えていた。それどころか、体に何か新しい力を感じる。まるで生まれ変わったかのように体が軽い。疲れを感じない。目に見える全ての物が美しく、ありがたく思える。そして耳にはキーンと太陽の音が聞こえる。

　死んで蘇るのではなく、生きたまま生まれ変わった最上の感覚。

　さっそく不思議なことが起きた。部屋に配達された朝刊の日付が今日ではなかった。そこには明日の日付が書いてある。未来の新聞が届いたのか。それとも、僕にだけそう見えるのか。とりあえず読んでみたところ、平凡な内容だったので安心した。一面に大事件でも載っていたら大変なことだ。それが明日起こるということなのだから。

それにしてもとんでもない能力が身に付いてしまったものだ。これから毎朝、未来の新聞が読めてしまうのだろうか。

テレビの方はどうなっているのだろうか。悪魔達はどうしているかな。僕はチャンネルを回して、テレビに出ている人達の左目を一人一人確認した。

大丈夫だった。悪魔は一人もいない。昨晩はあんなにたくさんいたのに、今は全く見当たらない。よかった。太陽の光を浴びてみんな消滅したんだ。もう出てくることはないだろう。何故かそうであると確信できた。

おやすみ

旅行は無事に終わった。もうテレビにも町にも悪はいなかった。帰りの電車も全く穏やかだった。

僕は神に与えられた人生の試練を克服して、一回り大きくなって、実家へ凱旋しているという気分であった。

正に凱旋。周囲の行き交う人達が、僕を賞賛しているように感じた。僕は悪を抹消したんだ。とても大きな仕事をこなした。人にはこの世に生まれて、なすべき役割がある。僕は昨晩、その役割の一つをこなした。

そして僕はこの旅の無事を感謝し、実家の仏壇に手を合わせ、深く頭をさげた。

すると、確かに聞こえて来た。僕の心に訴えかける神の言葉。

『おまえはどんな状況であろうと私を信じた。私がどんな試練でお前を試そうとも、おまえは私を信じ、人を信じることができた。神や人だけでなく、悪魔の諸行に対してもお前は信じた。悪の諸行は、お前を楽にしてくれるための手段に過ぎない。善と悪は表現の仕方が違うだけだと、悪の行為さえも認め、信じ、恨むことをしなかった。お前の信じる通り、今悪は悪でなくなった。今、善も悪も一つになれたのだ。

今までお前が考えてきた、左と右の平等、鏡に映る自分、漢字の分析、虫や鳥の声、などは全て真実なのだ。現実の社会では感じることがなかなか困難ではあるが、どんな状況下でも全てを信じることによって、全ての真理が見えてくるものなのだ。

お前はよくやった。おまえはお前の周りにいる悪をなくした。それだけで十分だ。この世にはまだまだ悪がはびこっているが、それを除くことは我々みんなでやる仕事だ。お前はお前の仕事をこなし終えた。それがお前のすべき役割だった。だからもういいのだ。もう意地を張る必要はない。もう楽にしていい。あれこれ考えることもない。自然にしていればいい。自然にこっちの世界へ帰ってくればいい。

今夜迎えに逝くから、今宵は特別な楽しい夜を過ごせ』

どうやら、僕の人生は今夜終わってしまうらしい。この世の天国とは何と短いものなのだろう。

このまま、見えるもの聞こえるもの、出会う人全てが、僕に対するすばらしいメッセージと思える日々が、僕の寿命まで続いたらどんなにいいかと思っていたが、もう今夜、お迎えが来るらしい。苦しい時間は長く、楽しい時間はとても短い。今夜がその短く凝縮された特別な夜になるようだ。

その夜父が、今夜は俺の部屋を自由に使っていいよ、と言った。

僕は父の部屋のマッサージ機で、一生分のコリをほぐしながら、テレビを楽しんだ。

今夜のテレビはどのチャンネルも僕にとってのスペシャル番組だった。コマーシャルにしても、歌番組にしてもすごかった。あのアイドル達が僕に対して、話しかけ、歌いかけてくる。チャンネルを替えるのが申し訳ないくらいに、こっちを見てくれている。

お笑い番組でも特別だった。今のトークは面白かったかどうか、僕の様子をうかがってくる。あまり面白くなくても、せっかくだからと笑ってあげると、向こうの人達も喜んでくれた。

スポーツ番組では、評論家達が僕の評論と意見が一致しているかどうかを気にしている。

野球のバッターは次にピッチャーがどんな球を投げるのか、教えてほしそうな目で僕を見ている。ピッチャーは逆に教えるなよと、睨んでくる。

僕には本当に読めたんだ。選手達の目を見ると、その試合の流れが。

色んなテレビ番組に見入っていたとき、隣の部屋から、母の声が聞こえた。

『ごはんですよー』

僕はその母の呼び声に胸を打たれた。これが最後なんだ。みんなで食事をするのはこれが最後、今まで何度も耳にしてきた、母の『ごはんですよー』という言葉が、とてもありがたく大事なもののように思えた。

食卓にはいつもよりもたくさんのおかずが並んでいた。やはり父も母も今日のお別れを知っているんだと実感した。

僕の目には父と母が無理に冷静を装っているように見えた。僕に死への不安を感じさせないための配慮なのだと思った。

それでも会話は自然に、昔の思い出話に花が咲いた。

僕が生まれたときの話、昔はいつもニコニコしていてかわいかった話、今ではこんなに大きくなったという話、一応、結婚も経験したしという話。

そして、徐々に話は核心にせまり、人間とは人生とは、という話になっていった。

この数日間、僕が考えてきたことはとても膨大で、語りつくせないほどの内容であった。

だから、何からどうやって話したらよいのか分からず戸惑った。そこで、その内容を言葉や文字でなく、一枚の図として表し、父と母に説明してみせた。

その図には無数の漢字が星のように散らばり、なんらかの規則性をもって、渦巻いている。

渦の中心にあるのが、自分で考え出した、光り輝くあの、左右にさんずいのある一文字。その字の意味は左右対称、万物平等、善も悪も鏡に映した互いの姿、憎み合わずに認め合おう、そして一緒に笑って皆光り輝く。というもの。

その中心の字を仏とし、周りを信・調・仕の三大柱が囲む。その傍らに感謝・謙虚・自然があり、善・凡・悪が均等に散らばっている。

そしてそれらを平和・光・夢の大三角形が大きく囲い、その頂点の周りを色や星や感覚達が衛星のように回っている。

この曼荼羅のような図が僕の考える人間の人生における真実であると、父と母に熱く語った。

僕は自分で苦労して突き止めた人生の答えを両親に伝えることが出来て、気持ちがすっきりした。僕が次の世界に行っても、その曼荼羅の意味を父と母が理解してくれれば、また次の世界の中で皆で同じ時を過ごせると思ったから。

両親と語り合ったことで気持ちがリラックスしてきたところで、僕はゆっくりと風呂に入り、体の一部一部に感謝の言葉をかけながら、一生分の垢を落とした。

死に装束は浴衣にすべきかと思ったが、一番のお気に入りの赤いTシャツを選んだ。せっかく自分の死ぬときを今夜と知っているのだから、好きな格好をしていたかったし、好きな言葉で締め括りたかった。

最期の言葉。たくさんの感謝の気持ちを両親に伝えたかったけれども、どうしても照れくさくて言えなかった。だから、いつものおやすみの代わりに一言、『じゃーね』と笑顔で元気良く言った。

そして部屋の電気をオレンジ色にして、最期の床に入った。

僕はこれから死ぬために眠るんだ。次の世界とはどんな世界だろう。次に目覚めたときには、また赤ん坊としてオギャーと泣いているのだろうか。いったいどこの国のどんな家庭に生まれるのだろうか。昨夜テレビで僕に訴えかけてきた、ベトナムの苦民の家に生まれるのだろうか。

それとも、人間としての修行はもう終わりなのだろうか。次は虫になるのだろうか。虫になって、虫の知らせを人に伝えるのだろうか。僕自身がそうしてもらったように。

それとも、もうこの地球には生まれてこないのか。どこか遠い惑星の全く知らない生きものになるのだろうか。

僕は全く分からない先の世界にとてつもない不安を感じていた。

そこへ、母がそっと部屋へ入ってきて、僕に言った。

『何があっても必ず、明日の朝に起こしてあげるから、安心して寝なさい』

母の優しさに感謝した。不安で眠ることのできない僕、次の世界へ旅立つことを恐れている僕の心を察してくれて、最期に言いに来てくれた。

母の言ってくれた言葉は多分、叶えられることはないだろう。でも、母がそう言ってくれたことに僕の心は温まり、目を閉じてみようという気持ちになった。そして、今までに出会った全ての人の顔を一人一人思い浮かべて、『ありがとう、じゃーね』と呟いた。

この世の天国

数時間後、意識だけが戻った。でも、目は開けなかった。目を開けるのが恐かった。目をつぶったまま、ここはどこなのだろうと考えてみたが、全く埒があかなかった。僕は今、生きているのか死んでいるのか。まだ、肉体はあるのか。それとも、意識だけの存在なのか。

僕は今、どんな夢を見ていただろう。何も見ていないような気もするし、全てが夢であったようにも思える。父と母は元気だろうか。

もう一度会えるのだろうか。

その時、コンコン『朝よー』という声が聞こえた。

多分、幻聴では無いはず。

恐る恐る目を開けるとそこにはいつもの優しい母の顔があった。

僕は混乱状態のまま、すぐそこにある母の顔に向かって尋ねた。

『あれ？　朝が来たの？』

『必ず起こすって言ったでしょ。ごはんできてるよ』

と、母は全くいつも通りだった。

神様は僕を迎えに来なかった。母が迎えに来てくれた。この赤いTシャツは死に装束ではなかった。生きるための服だった。

カーテンを開けるとそこに太陽があった。最高の太陽だった。

僕は太陽に感謝し、そして誓った。

『私は全てを信じ、このまま、この世の天国をずっと生き続けます』と。

著者プロフィール

溝渕 淳（みぞぶち あつし）

昭和48年８月30日生まれ。東京都在住。東京農業大学卒業。

【著書】
『五感』（文芸社／2010年）
『哲学の七つ道具「400字でもの申す」』（文芸社／2021年）
『世界平和』（文芸社／2021年）

妄想―天国と地獄

2023年１月15日　初版第１刷発行

著　者　溝渕 淳
発行者　瓜谷 綱延
発行所　株式会社文芸社
〒160-0022　東京都新宿区新宿1－10－1
電話　03-5369-3060（代表）
03-5369-2299（販売）

印刷所　株式会社暁印刷

ISBN978-4-286-23375-8